BILBO

Collection dirigée par
Stéphanie Durand

De la même auteure chez Québec Amérique

Julie et la bête dans la nuit

Catalogage avant publication de Bibliothèque et Archives nationales du Québec et Bibliothèque et Archives Canada

Latulippe, Martine
Julie et la bête dans la nuit
(Julie ; 8)
(Bilbo ; 187)
ISBN 978-2-7644-1284-8
I. Rousseau, May. II. Titre. III. Collection : Latulippe, Martine. Julie ; 8.
IV. Collection : Bilbo jeunesse ; 187.
PS8573.A781J823 2011   jC843'.54   C2011-940682-9
PS9573.A781J823 2011

Conseil des Arts
du Canada

Canada Council
for the Arts

SODEC
Québec

Nous reconnaissons l'aide financière du gouvernement du Canada par l'entremise du Fonds du livre du Canada pour nos activités d'édition.

Gouvernement du Québec – Programme de crédit d'impôt pour l'édition de livres – Gestion SODEC.

Les Éditions Québec Amérique bénéficient du programme de subvention globale du Conseil des Arts du Canada. Elles tiennent également à remercier la SODEC pour son appui financier.

Québec Amérique
329, rue de la Commune Ouest, 3e étage
Montréal (Québec) H2Y 2E1
Téléphone : 514 499-3000, télécopieur : 514 499-3010

Dépôt légal : 3e trimestre 2011
Bibliothèque nationale du Québec
Bibliothèque nationale du Canada

Révision linguistique : Annie Pronovost et Diane-Monique Daviau
Mise en pages : André Vallée – Atelier typo Jane
Conception graphique : Nathalie Caron

Julie et la bête dans la nuit

MARTINE LATULIPPE

ILLUSTRATIONS : MAY ROUSSEAU

Québec Amérique

À Maélie

-1-

Un été
peu tentant

J'ai tout essayé, je le jure.

Quand mes parents m'ont annoncé que je passerais encore une fois l'été au terrain de jeu, j'ai protesté. J'ai grommelé. J'ai même pleurniché, je l'avoue, et j'ai crié. Une Julie en état de panique! Eh bien… rien. Aucune réaction de mes parents, qui se sont contentés de me répondre d'un ton très calme qu'ils n'avaient pas le choix de travailler. Ils ont ajouté que nous passerions la dernière semaine d'août ensemble. Je veux bien, mais d'ici là?

J'ai alors affirmé que j'étais assez grande pour me garder seule, maintenant. Maman m'a dit que non. J'ai contre-attaqué en disant que je pourrais passer mes journées avec Stéphane, mon oncle adoré. Papa a dit que non. Que Stéphane travaillait aussi et que très souvent il n'était pas chez lui.

Toute l'année, à l'école, quand je pensais à mes vacances d'été, je rêvais de voyager, de vivre des aventures, de briser la routine, de me reposer, de faire des activités spéciales, excitantes, exaltantes! Pas de jouer au soccer avec les gars et les filles que je vois chaque jour de septembre à juin…

J'ai donc tenté le tout pour le tout. J'ai déclaré :

—Puisque c'est comme ça, c'est décidé, je fais une grève de la faim.

Papa et maman n'ont pas daigné me répondre. Je pense même qu'ils ont souri. C'est ce jour-là, à 18 h 30 exactement, que j'ai entrepris ma première grève de la faim. Je ne mangerais plus jusqu'à ce que mes parents m'annoncent qu'ils ont changé d'idée.

Aussitôt ma décision prise, des images se sont mises à tournoyer dans mon esprit.

Un croissant chaud avec du beurre…

Du fromage. Des craquelins.

De la crème glacée aux pacanes, fudge et caramel…

Des graines de tournesol salées.

Une salade de fruits frais faite maison.

Des biscuits dodus et fondants sortant du four…

AU SECOURS! Une Julie affamée!

N'y tenant plus, je me suis précipitée vers le réfrigérateur et j'ai abandonné mon projet. Il était exactement 18 h 37. Probablement la plus courte grève de la faim de l'histoire du monde. Tant pis. J'irais au terrain de jeu cet été.

Voilà pourquoi je suis assise dans le gymnase de mon école ce matin. Oui, l'école que je fréquente toute l'année. Voilà pourquoi je suis entourée des élèves que je côtoie habituellement. Oui, oui, ceux que je vois toute l'année. Et voilà pourquoi le professeur qui se trouve devant nous… Ah, non! Là, je me trompe! Devant nous, ce n'est pas un professeur qui se présente, c'est le moniteur de mon groupe, Alexandre.

—Tout le monde m'appelle Alex, précise-t-il.

Il semble très dynamique et vraiment sympathique. L'été ne sera peut-être pas si pire que ça.

La porte du gymnase s'ouvre et Dominic, le beau Dominic qui est dans ma classe et que je vois avec plaisir tous les jours de l'année, s'approche de nous en courant, en s'excusant d'être en retard. Il m'aperçoit et me lance un sourire éclatant avant d'aller s'asseoir à côté de son meilleur ami, Jacob. L'été sera peut-être pas mal du tout, finalement!

Alex annonce :

—Pour bien commencer l'été, j'ai prévu deux activités très spéciales cette semaine. Mercredi, j'ai invité un homme du coin à venir vous raconter des légendes…

Oh, oh! Des légendes?! Je me redresse, soudain à l'affût. J'adore les légendes! Je n'en ai jamais assez! Mon oncle Steph, qui est ethnologue, m'en raconte sans arrêt : le Bonhomme Sept Heures, la Messe du revenant, la Corriveau, les feux follets… Je soupire. J'en connais vraiment beaucoup. Ça m'étonnerait que le visiteur m'en apprenne une nouvelle… Alex continue :

—Certains d'entre vous connaissent peut-être notre invité : monsieur Joseph Vézina.

J'ai envie de crier de joie! Joe Vézina! Mon oncle m'a déjà dit que c'était son modèle, son inspiration. Joe Vézina est le meilleur conteur de tous les environs, selon Stéphane. J'ai déjà hâte à mercredi... Je me demande bien quelle légende il va nous présenter.

—L'autre surprise, poursuit Alex, c'est que vendredi, nous irons tous camper, dans le boisé près d'ici. On fera un souper extérieur, on montera les tentes nous-mêmes, on fera un feu et on dormira là... Ça vous intéresse?

Autour de moi, plusieurs lancent aussitôt un «Oui!» enthousiaste. Dominic et Jacob, tout heureux, se tapent dans la main. Une fille s'inquiète des toilettes. Alex répond que l'emplacement de camping est à quelques mètres à peine du terrain de baseball et du centre communautaire, et qu'on aura accès au centre. Dominic se tourne vers moi, l'air ravi :

—On va aller camper ensemble. Génial, Julie! Il est vraiment bien, Alex, hein?

Bien? Il est adorable, oui! Rien de moins!

Des légendes, du camping, le beau Dominic… j'aurai peut-être un été plus animé que je le croyais, après tout. Mes parents ont eu une merveilleuse idée de m'inscrire au terrain de jeu! Une Julie emballée!

-2-

Une bête
inquiétante

J'engloutis mon dîner en trois minutes et demie. Je suis ravie d'avoir abandonné ma grève de la faim. Ma mère m'a préparé mon sandwich préféré : pepperoni et fromage suisse. Pourtant, elle déteste quand je mange des charcuteries... Pour que mes parents m'achètent du pepperoni pour mes lunchs, pas de doute, ils se sentent coupables ! Ma grève aura été courte mais efficace !

Toutes les équipes du terrain de jeu mangent dans le gymnase, aujourd'hui. Le temps est maussade : lourds nuages gris et vent frisquet. Tout le monde a fini depuis un bon moment et ça commence à s'agiter dans la grande salle quand Alex nous fait signe de le suivre, à moi et aux onze autres jeunes de son groupe. Intrigués, nous lui emboîtons le pas et descendons l'escalier jusqu'au sous-sol, vers une pièce que je n'avais encore jamais vue.

—C'est ici que le concierge range ses balais, ricane Jacob derrière moi pendant qu'Alex ouvre la porte.

Hum. Peut-être. N'empêche qu'aujourd'hui, l'endroit n'a pas l'air d'un espace de rangement : il est tout sombre, sans aucune lumière allumée, sans fenêtre non plus d'après ce que je peux voir dans l'obscurité. Au centre, plusieurs bougies brillent, posées directement sur le sol. Dans un coin, un évier, quelques seaux et une vieille chaise berçante recouverte d'un tas de couvertures. Nous nous assoyons en rond, autour des bougies. Instinctivement, tout le monde se met à chuchoter. Des frissons me parcourent le dos. C'est génial!

— Je vous avais promis une légende, déclare Alex d'un ton solennel. Eh bien, vous ne serez pas déçus!

Un profond silence s'installe. Tout à coup, une voix grave nous fait tous bondir :

— La légende que j'vais vous raconter là me vient de Joe Violon.

Quelques-uns poussent un petit cri effrayé : la voix provient de la berceuse derrière moi! Je me retourne : à la lueur des bougies, j'y découvre avec surprise le vieux Joseph Vézina, emmitouflé dans un long manteau noir posé par-dessus son éternelle chemise à carreaux, une pipe éteinte entre les dents.

Tout le monde se déplace pour bien voir Joe Vézina. Une fois le silence rétabli, le conteur reprend, visiblement fier de son effet :

— Dans le monde des légendes, faut toujours être prêt à avoir un peu peur… Est-ce qu'il y en a parmi vous qui connaissent Joe Violon?

Je réponds tout bas :

— C'était un conteur. Il racontait souvent des légendes qui se passaient dans les chantiers, je pense…

Joe Vézina semble étonné. Il se penche vers moi, mordille sa

pipe, sourcils froncés, et me dévisage un moment. Un sourire plisse son visage ridé.

—Tu serais pas la petite nièce à Stéphane, toi? Julie, c'est ça?

Je fais oui de la tête.

—Eh ben, on a de la relève! Bravo, ma fille! Une experte en légendes, à ton âge! Ton oncle m'a beaucoup parlé de toi…

Je rougis. Heureusement qu'il fait noir et que personne ne peut le remarquer! Enfin, Joe reprend le fil de son récit :

—Joe Violon était un conteur que Louis Fréchette avait souvent entendu… Louis Fréchette, lui, c'est un poète bien connu, qui a publié aussi des recueils de contes et légendes. Souvent, il faisait raconter ses histoires par Joe Violon, un personnage haut en couleur et un conteur extra-ordinaire.

Une fille de mon groupe, Audrey, intervient timidement :

—Euh… je trouve que Joe Violon, ça ressemble pas mal à votre nom !

Joe éclate de rire :

—C'est vrai que je l'ai souvent entendue, celle-là ! Joe Vézina, Joe Violon… j'étais destiné à raconter les légendes d'ici, il faut croire. Puis à vivre toutes sortes d'aventures, ajoute-t-il plus grave-ment. Mais on parlera pas de ça aujourd'hui. Ce que je veux vous raconter, vrai comme je suis là, c'est la légende de la Bête à grand'queue.

J'ai envie de crier de joie ! Je ne la connais pas ! Je n'ai même jamais entendu parler de cette bête ! Une nouvelle légende !

J'aurais envie d'embrasser mon moniteur, qui a eu l'idée d'inviter Joe Vézina. Une Julie ravie !

— La Bête à grand'queue, on l'appelle aussi la Hère. C'est une bête bien particulière : elle a pas de mère, pas de père, pas d'enfant. Elle est fin seule de son espèce. On dit qu'elle est laide, laide à faire peur. La Hère, elle a des yeux qui brillent dans le noir, la nuit, et une très grande queue, ce qui lui a valu son surnom.

— Vous l'avez déjà vue, vous ? demande Jacob d'un ton moqueur.

Mais le petit sourire ironique de Jacob disparaît vite quand Joe répond en le fixant droit dans les yeux :

— Jamais, mon gars. Puis je souhaiterais pas ça à mon pire ennemi. On dit que la Hère apparaît environ une fois tous les cinquante ans. Elle a déjà enlevé une femme dans le coin de Saint-Antoine-de-Tilly. Son mari a tout vu, mais il a jamais pu en parler. Il a perdu la raison, comme qui dirait. Dès qu'on abordait le sujet de la Bête à grand'queue, il se mettait à trembler sans pouvoir arrêter.

Joe fait une pause. Dominic en profite pour chuchoter :

— Joe Violon l'a vue, la Bête, lui?

— Même pas, mon garçon. Mais pas loin… Une année, Joe avait été engagé pour construire une cage de pin rouge sur la rivière aux Rats, avec quelques autres ouvriers. Un membre du groupe s'appelait Johnny La Picotte.

De petits rires nerveux fusent dans la minuscule pièce sombre.

Joe reste bien concentré et poursuit son récit :

— Joe Violon trouvait Johnny bien sympathique et il allait souvent jaser avec lui, le soir, au bord de la rivière, en fumant la pipe. Joe avait entendu toutes sortes de rumeurs sur Johnny La Picotte. On racontait même qu'il avait des histoires avec le diable…

— Quel genre d'histoires ? demande Alex, qui semble aussi très intéressé.

— Eh bien, vous savez ce que ça fait, l'écho ?

— Ça répète ce qu'on dit, répond Emmy.

— D'habitude oui, fait Joe Vézina. Mais pas avec Johnny La Picotte… Il paraît que le soir, il allait sur la grève et il criait. Au lieu de répéter ce que disait

Johnny, l'écho *répondait* à ses questions! L'écho criait même des bêtises… Des gros mots.

Je demande d'une petite voix :

—C'était le diable qui répondait?

—On le sait pas, Julie, répond Joe, mais c'était sûrement pas l'écho et sûrement pas humain non plus. Joe Violon était pas un homme qui se laissait impressionner facilement. Il a pas pris les commérages trop au sérieux, jusqu'à un certain jour… Ce jour-là, il s'est retrouvé à parler des histoires d'écho avec Johnny La Picotte… Pile au même moment, un hurlement effrayant s'est élevé dans la forêt. Un hurlement qui couvrait tous les autres bruits et qui a semblé parcourir les deux hommes avant de s'en aller. Joe tremblait et était blême, on le comprend. Il a demandé à Johnny ce que c'était. «La Hère», a répondu Johnny, bien sérieusement et le plus calmement du monde.

— C'était la Bête à grand'queue, murmure Audrey, à côté de moi.

— Joe Violon pensait que oui, ma fille. C'est sûr qu'il y en a toujours pour dire que non, que La Picotte était un ventriloque ou pour trouver n'importe quelle autre explication. Mais pourriez-vous me dire, vous autres, si la Hère existe pas, comment on saurait qu'elle a une grande queue? Pourriez-vous me dire comment on sait qu'elle rôde surtout dans la forêt et qu'elle apparaît les soirs d'orage en particulier?

Personne ne répond. Joe conclut :

—Si cette bête existe pas, je voudrais bien qu'on m'explique pourquoi, dans la forêt, des campeurs disparaissent sans laisser aucune trace. On n'en entend plus jamais parler. Ceux qui campaient avec eux se mettent à trembler dès qu'on leur parle d'une bête mystérieuse qui rôderait dans la forêt… Ben moi, Joe Vézina, je dis que c'est pas pour rien. Ils l'ont vue ou entendue, la Bête à grand'queue, eux autres, et ils ont rien qu'une peur : c'est qu'elle revienne les chercher aussi. Je peux vous garantir que ces gens-là, ils retournent plus jamais faire de camping de leur vie.

La gorge serrée, je ne peux pas m'empêcher de penser à l'activité prévue pour vendredi. Le camping dans le boisé. Et si jamais la Hère… ? J'essaye de me calmer, de me rappeler que ce n'est qu'une légende. Je n'ai pas peur. Non, pas du tout. Mais j'ai quand même un petit pincement au creux du ventre. Une Julie un peu stressée, je dois l'avouer.

-3-

Questions
sur la Hère

La journée au terrain de jeu est terminée. Le ciel s'est dégagé pendant l'après-midi et de légers rayons de soleil viennent même me chatouiller les joues pendant que je rentre chez moi à pied. J'ai adoré la légende de Joe Vézina! Quel excellent conteur! Mais bon, j'aime quand même mieux quand mon oncle Stéphane me raconte une histoire… parce que quand je suis seule avec lui, je peux lui poser les mille questions qui me viennent à l'esprit. Tandis que cet après-midi, ces mille questions restent coincées dans ma tête! Il faudra que j'appelle Steph pour savoir s'il connaît la Hère. À moins que…

Une idée me vient : quand je rentre à la maison, je dois passer devant l'église et devant la maison de Joe. Je me demande s'il serait fâché que j'arrête lui poser quelques questions… J'en meurs d'envie. Je tourne le coin de la rue : l'église apparaît devant moi, majestueuse avec ses larges portes et ses nombreux vitraux. Et… je pousse une exclamation joyeuse! Juste à côté, il y a la maison de Joe, avec son balcon… et sur ce balcon, Joe Vézina se berce en mordillant sa pipe éteinte et en me regardant, un sourire malicieux sur les lèvres. C'est trop tentant : je m'arrête!

—Bonjour, Joe! J'aurais quelques questions…

À ma grande surprise, le conteur éclate d'un énorme rire!

—Ton oncle te connaît trop bien! Quand je lui ai raconté que j'avais rencontré ton groupe au terrain de jeu ce midi, Stéphane m'a dit qu'il était prêt à parier n'importe quoi que tu viendrais me poser des questions! Il dit que chaque fois qu'il te raconte une légende, tu en redemandes.

Mal à l'aise, je grommelle et je rougis un peu.

—Bon... eh bien... pfff... Dans ce cas-là…

—Sois pas gênée, ma fille, au contraire! Stéphane et moi, on est ravis que tu t'intéresses aux légendes autant que nous.

Rassurée, je m'installe sur la chaise de bois que Joe me désigne.

—Qu'est-ce que tu veux savoir, Julie?

—Steph m'a appris que, souvent, il existe plusieurs versions d'une même légende. Je me demandais si c'est le cas pour la Bête à grand'queue. Est-ce que l'histoire de Louis Fréchette est la seule qu'on connaît?

—Pas du tout, répond Joe aussitôt. La plus connue est peut-être même celle d'Honoré Beaugrand, un auteur québécois qui a aussi été journaliste et politicien. Il a même été le maire de Montréal pendant quelques années au dix-neuvième siècle!

Honoré Beaugrand. Je retiens le nom et me promets d'aller faire des recherches à la bibliothèque sur les contes de cet homme.

—Dans la version de Beaugrand, c'est un certain Fanfan Lazette qui rencontre la terrible bête.

Étonnée, je demande :

—Il a *vu* la Hère ?

—Presque, murmure Joe en s'enfonçant confortablement dans sa chaise, les yeux fixés dans les miens. Pas tout à fait, parce que c'était la nuit, mais presque. On raconte que Fanfan était un gars bien travaillant, mais qui aimait fêter et faire à sa tête. Il ne s'occupait pas trop de la religion, ce qui était bien mal vu à l'époque, et il disait jamais non pour boire un petit coup.

Pressée d'en arriver à la mystérieuse Hère, je demande :

—C'est pour ça qu'il a vu la Bête à grand'queue ? Parce qu'il n'allait pas à la messe ?

— C'est ce que tout le monde a pensé à l'époque, en tout cas. Toujours est-il qu'un soir, notre Fanfan s'en va porter des poches d'avoine à Berthier, en compagnie du grand Sem Champagne. Pendant que Sem va voir sa blonde quelques heures, Fanfan fait la tournée de ses connaissances et boit un verre, puis un autre, et encore un autre... Finalement, il va chercher Sem, qui a bu tout autant et qui s'endort aussitôt qu'il s'assoit dans la charrette. Fanfan prend la route du retour, mais un orage éclate...

Je murmure :

— Et la bête mystérieuse apparaît les soirs d'orage...

— Tu as tout compris, Julie. Il pleut à boire debout, il vente, les éclairs déchirent le ciel... Tout à coup, voilà le grand Sem qui se

réveille et qui se met à crier :
«Regarde, Fanfan! C'est la Bête à
grand'queue!» Fanfan se retourne
et qu'est-ce qu'il voit derrière la
charrette?

Les yeux grands ouverts, com-
plètement prise par l'histoire de
Joe Vézina, je ne réponds rien.

— Il voit deux gros yeux qui
brillent dans le noir, déclare Joe
d'un ton lugubre. Le temps d'un
éclair, il aperçoit aussi une longue
queue qui s'agite. Et il entend un
hurlement terrible dans la nuit,
tout près de lui. La jument de
Fanfan panique et se met à
galoper à toute vitesse. Une
course folle s'engage. Il entend
des pas derrière la charrette. La
bête les suit. Dans un virage, la
jument s'emballe, la charrette se
renverse dans le fossé et notre

homme sent que la Hère est juste là, tout près.

Le souffle court, je demande :

— Qu'est-ce qu'il a fait ?

— C'est connu, le seul moyen de se débarrasser de cette bête-là, c'est de lui couper la queue. Alors Fanfan a pris son courage à deux mains, il s'est engagé dans une lutte terrible avec la bête, pendant de longues minutes. Il s'est agrippé à la queue de la Hère, qui a tenté de s'enfuir. Mais notre Fanfan s'accroche, il ne lâche pas prise même s'il est ballotté de tous côtés, en pleine tempête, s'égratignant partout. Enfin, au bord de la rivière, il réussit à prendre son couteau dans sa poche et SCHLACK ! Il coupe la queue de la bête, qui s'en va s'écrouler dans le cours d'eau.

—Fanfan a tué la Bête à grand'queue?

—C'est ce qu'il a juré à qui voulait bien l'entendre, ma fille. Il a même gardé la queue pour le prouver : une longue queue rouge d'environ cinq pieds.

Je réfléchis un moment.

—S'il a tué la Hère et qu'elle est seule de son espèce, alors il n'y a plus de danger? Elle n'existe plus?

Joe pousse un soupir.

—Ce serait trop simple, Julie. L'histoire ne s'arrête pas là…

—On a retrouvé le corps?

—En fait, quelques jours après la terrible soirée où Fanfan s'est battu avec la bête, un employé d'un fermier des environs a découvert, sur le bord de la rivière, la carcasse d'un taureau de son maître qui avait disparu…

et le taureau mort n'avait plus de queue. Le fermier a demandé à Fanfan Lazette de le rembourser.

— Oui, mais quand même, les taureaux n'ont pas la queue rouge?

— Il paraît que, juste avant la fameuse nuit, le taureau s'était frotté contre une barrière rouge fraîchement repeinturée. Astheure, Julie, pour savoir si c'est la vérité ou si le fermier cherchait juste à se faire de l'argent avec son taureau mort, c'est une autre histoire… On le saura jamais.

— Donc, vous pensez que la Bête à grand'queue vit toujours?

— Je suis sûr que la Hère rôde encore, quelque part dans les parages, avec ses yeux brillants puis sa longue queue rouge, répond Joe d'un ton convaincu.

Si convaincu que j'en ai un long frisson. On jurerait que Joe Vézina sait de quoi il parle. Qu'il est au courant de quelque chose. Une Julie la gorge serrée.

-4-

Comme un
cauchemar

Je me réveille en sursaut au beau milieu de la nuit. Il me faut un bon moment pour me rappeler où je suis… Le sol est dur. Je ne suis pas couchée dans mon lit. Aucun des objets familiers de ma chambre n'est autour de moi. Je me redresse. Ça y est! Ça me revient! Je suis en camping avec mon groupe du terrain de jeu. Je prends ma lampe de poche, je regarde ma montre. Il est 3 h 37 du matin. Je me demande ce qui m'a réveillée. Un mauvais rêve? Un bruit? Un roulement de tonnerre gronde dans le ciel, au loin, comme pour répondre à ma question. Il y a de l'orage dans l'air. C'est sûrement ça qui m'a tirée du sommeil.

Je me recouche, m'enroule le plus confortablement possible dans mon sac de couchage. Je me tourne d'un côté. Puis de l'autre. Et on recommence : un côté, l'autre, un côté, l'autre. Je gigote, comme dirait ma mère. Je n'arrive plus du tout à dormir. Soudain, je me crispe : un drôle de bruit vient de retentir à l'extérieur de la tente. Comme un grondement de bête. Mais peut-être que j'ai rêvé. Mes parents me disent toujours que j'ai trop d'imagination, c'est sûrement ça.

J'essaie de me calmer. Penser à autre chose. Me concentrer. Je revois notre arrivée dans le boisé cet après-midi, Alex en tête, évidemment. Mon moniteur marche toujours si vite qu'on a du mal à le suivre! Juste avant le souper, nous avons monté deux tentes : celle dans laquelle je suis, avec les cinq autres filles de mon groupe et une assistante-monitrice nommée Émilie, et une autre pour les gars, quelques mètres plus loin. Nous avons fait un feu, nous y avons fait cuire le souper. Du steak haché mélangé avec plein de légumes coupés, le tout emballé dans du papier aluminium et jeté sur la braise le temps que ça cuise. Délicieux.

Un nouveau bruit me sort de mes pensées. Je suis certaine que je n'ai rien imaginé, cette fois. Et c'était plus près que tout à l'heure. Je me recroqueville dans mon sac de couchage. J'ai un peu mal au ventre. Essayer de ne pas y penser. Me changer les idées.

Après le souper, donc, nous avons fait un grand jeu extérieur, puis nous nous sommes rassemblés autour du feu pour boire un chocolat chaud et nous raconter des histoires. Ça n'arrivait pas à la cheville des légendes de Steph ou de Joe Vézina, mais nous nous sommes bien amusés quand même.

— On arrête les histoires de peur, a tout à coup déclaré Alex. Je ne veux pas que vous ayez du mal à dormir cette nuit.

— Pffft! On n'est pas des peureux! a rétorqué Jacob.

— Ni des peureuses, a ajouté Audrey.

Je n'ai pas aimé le regard que Jacob a adressé à Dominic à ce moment-là. Comme s'ils

56

préparaient un mauvais coup, tous les deux. La soirée s'est terminée là-dessus, chacun est allé se brosser les dents et se préparer pour la nuit, puis on s'est installés dans les tentes. Voilà pourquoi je me retrouve ici, dans mon sac, si tendue que j'en ai mal aux épaules.

Le grognement s'élève de nouveau dans la nuit. Je serre les poings. Audrey est couchée à côté de moi. Elle me tourne le dos. Je chuchote :

— Tu as entendu, Audrey ?

Pas de réponse. Seulement la respiration lourde des dormeuses autour de moi. Je dois aller vérifier ce qui se passe. Si je ne fais rien, je m'en voudrai toute ma vie si quelqu'un ou quelque chose menace réellement notre campement. Réfléchissons. Je dois être brave et courageuse. Le mieux à faire est d'aller voir dehors et, en cas de danger, de revenir prévenir Émilie, l'assistante-monitrice, ou de crier pour réveiller Alex et les gars. Voilà. C'est ce que je dois faire.

Les jambes un peu tremblotantes, je sors de mon sac de couchage. Je me glisse près de la porte. J'ouvre la fermeture éclair le plus discrètement possible. Je bondis en entendant :

— Non ! Je ne l'avais pas vu… Arrête !

C'est Emmy, couchée près de la porte, qui a marmonné. Elle est en train de rêver. J'attends quelques secondes qui me semblent interminables. Elle ne dit plus rien… mais le grognement de la bête résonne dehors, de même qu'un coup de tonnerre. Et si c'était la

Hère? La Bête à grand'queue venue hanter les campeurs par un soir d'orage? Une Julie terrifiée! Je prends de grandes inspirations. Ce n'est qu'une légende, une histoire. Rien de vrai là-dedans. Courage.

Je me faufile à l'extérieur. Je me dresse devant la tente. Je parcours des yeux la clairière dans laquelle nous avons monté les tentes. Personne en vue. Je ne vois rien non plus dans les arbres qui nous entourent. Il faut dire qu'il fait très noir. L'orage va éclater d'une seconde à l'autre, j'en suis certaine. Pas une seule étoile dans le ciel pour m'éclairer. J'ai peur. J'ai tellement peur… Je suis peut-être en train de faire une bêtise. Je devrais réveiller nos moniteurs, c'est sûr. C'est ce que je vais faire.

Au moment où je me penche pour retourner dans la tente, j'entends des piétinements venant des arbres. Comme un bruit de branches qui craquent. Je gémis. Je ferme les yeux très fort, puis je m'oblige à les rouvrir. Allons, Julie, du nerf! Je me retourne vers le boisé, le corps si crispé que j'ai mal partout. Et c'est alors que je vois... que je vois clairement... trop clairement... LES YEUX DE LA BÊTE! À quelques mètres de moi, derrière les arbres, deux points lumineux me fixent.

— AAAhhhhh!

C'en est trop! Je n'ai pas pu retenir un cri. Je ne peux rien faire, seule contre la Hère. Je n'ai même pas de couteau pour lui couper la queue! Tant pis, j'abandonne! Je ne suis pas brave, je ne suis pas courageuse. Une

Julie morte de peur. Je me réfugie dans la tente à toute vitesse, je referme la fermeture éclair. Je tremble de tous mes membres.

Quelques filles remuent dans leur sac, probablement dérangées par mon cri. Je retiens mon souffle… et il me semble alors que j'entends, venus de la forêt, tout près… des rires. Bizarre. Puis, des bruits de branchages et de feuilles. Soudain, dans la nuit noire, des cris terribles s'élèvent.

— AAAAAAHHHHH !

Je n'en suis pas sûre, mais il me semble reconnaître les voix de Jacob et Dominic. Ça y est, ils ont vu la Hère. J'espère juste qu'ils n'ont pas été enlevés… La voix grave d'Alex retentit :

— Ça va, les gars ? Qu'est-ce que vous faites dehors ?

Jacob bégaie :

—On… on a vu… la Bête à grand'queue ! Et elle…

—Ça suffit, venez dormir, l'interrompt Alex. Rentrez dans la tente. Ce n'est pas une heure pour faire des blagues.

—Ce n'est pas… pas des bl… balbutie Dominic.

Je n'en suis pas certaine, car les voix s'éloignent par la suite, mais je crois que Jacob et Dominic pleuraient. Ils ont eu aussi peur que moi. Mais au moins, personne n'a été enlevé par cette terrible bête. Jusqu'à maintenant, du moins. La nuit n'est pas finie.

-5-

Le conseil de
Joe Vézina

Ce matin, tout le monde semble d'une humeur massacrante. Alex ne parle presque pas. Dominic et Jacob sont déjà repartis chez eux sans nous aider à ramasser. J'aurais bien voulu les interroger sur les événements de la nuit, mais je n'en ai même pas eu le temps. Quant à moi, je n'ai pas pu fermer l'œil de la nuit après la visite de la Bête à grand'queue. Il était hors de question que je dorme, évidemment. Heureusement, comme c'est samedi, sitôt les tentes démontées, chacun repart à la maison. Je rêve déjà de m'écrouler sur mon lit et de dormir toute la journée. Une Julie épuisée par les vacances!

Mon sac à dos sur l'épaule, mon sac de couchage sous le bras, je reprends le chemin de la maison en bâillant. À cette heure, le terrain de baseball et le centre communautaire sont déserts. Rien ne bouge au village. Je passe devant l'église, puis devant la maison de Joe Vézina. Je meurs d'envie d'aller lui raconter mon histoire, mais il est trop tôt, je crois. Et si mes parents l'apprennent, je me ferai encore gronder : ils disent que je devrais arrêter de m'intéresser aux légendes, puisque je passe mon temps à m'inventer des histoires chaque fois que j'en apprends une nouvelle… Mais je n'*invente* rien, c'est ce que papa et maman n'ont

pas compris! J'ai une vie mouve-
mentée, c'est tout!

La porte de la maison de Joe
Vézina qui s'ouvre me tire de mes
réflexions. Le conteur apparaît
sur le balcon, un café à la main.

—Bon matin, Julie!

Je murmure un «Bonjour»
hésitant. Je lui fais part de mon
aventure ou non? Une Julie par-
tagée. Racontera, racontera pas?

—Tu m'as l'air bien fatiguée,
déclare alors Joe. La nuit a été
mauvaise?

On dirait qu'il lit dans mes
pensées! Ça suffit, je n'ai pas le
choix, l'invitation est trop belle.
Je dois tout raconter! Je me
lance.

—Je n'ai pratiquement pas
dormi, Joe. J'ai vu… vous ne me
croirez pas, mais j'ai vu la Hère!

À ma grande surprise, contrairement aux autres adultes que je connais, Joe ne tente pas de me convaincre que j'ai rêvé ou tout imaginé. Il est exactement comme mon oncle Steph! Il se contente de prendre calmement une gorgée de café, de planter ses yeux dans les miens et de demander :

— Vraiment? Tu l'as vue?

— En fait, je n'ai pas vu la créature en tant que telle. J'ai vu ses yeux briller dans la nuit.

— Hum… Tu sais, Julie, il ne faut pas toujours croire ce qu'on voit. Nos yeux nous trompent parfois. Et si…

Joe semble réfléchir à ce qu'il doit dire. Il prend une autre gorgée de café et poursuit :

— Et si des gars de ton groupe avaient décidé de vous jouer un tour et d'essayer de vous faire peur, disons? S'ils avaient pris deux lampes de poche pour faire croire à des yeux qui brillent dans la nuit… Tu penses que ça se pourrait?

Je revois la scène de la nuit passée. Les yeux à travers les arbres… oui, je pense que ça aurait pu être des lampes de poche. J'entends aussi dans ma tête les rires étouffés quand je suis rentrée à toute vitesse dans la tente… Ce serait tout à fait le genre de blague que ferait Jacob, ça. Peut-être même avec l'aide de son inséparable ami Dominic. Grrr… Je sens la colère monter.

— Il ne faut pas leur en vouloir, poursuit Joe. Je pense qu'ils ont juste voulu s'amuser un peu. Et en fin de compte, ils ont sûrement eu encore plus peur que toi.

C'est peut-être eux, finalement, qui ont vu la Bête à grand'queue...

Je repense aux cris affolés de Dominic et Jacob, cette nuit. À leurs yeux cernés et à leur fuite de ce matin. Ils auraient donc vraiment vu la Hère, comme ils l'ont dit à Alex? Ça se tient, l'histoire de Joe... Mais je n'y comprends rien : comment sait-il tout ça?

— Tu te demandes sûrement pourquoi je suis au courant... Je fais souvent de l'insomnie. On dirait que plus je vieillis, moins je dors. J'ai donc pris l'habitude de m'installer sur mon balcon très tôt le matin. Tantôt, au lever du soleil, tes deux amis sont passés devant ma maison en revenant du boisé et ils m'ont tout raconté. Ils étaient vraiment morts de peur...

Il lit dans mes pensées! Pas de doute : Joe Vézina est un peu sorcier!

—Bien moi, je dis : tant mieux pour eux! Quand je vois des gars essayer de faire peur à des jeunes filles sympathiques, continue Joe avec un sourire malicieux, des fois, je pense que ce serait bien que quelqu'un s'en mêle un peu et leur rende la pareille…

Joe redevient sérieux. Est-ce qu'il essaye de m'expliquer que c'est lui qui a joué un tour à Jacob et Dominic? Quand il fait de l'insomnie, la nuit, est-ce qu'il va se promener? Joe ouvre la porte. Juste avant de rentrer, il me dit d'un air très grave :

—J'ai juste un conseil à te donner, Julie : les créatures comme la Hère, moi, j'ai pour mon dire qu'il vaut mieux pas s'en moquer. On les approche pas, on les provoque pas, on s'en tient le plus loin possible.

Il disparaît dans la maison. Songeuse, je reprends la route vers chez moi. Joe Vézina a beau dire qu'il n'a jamais vu la Hère, je trouve qu'il a l'air d'en savoir très long sur le sujet. Je ne serais pas étonnée qu'il la connaisse personnellement.

En tout cas, message reçu : j'ai bien compris son avertissement. C'était on ne peut plus clair. Joe peut être certain que je ne me moquerai jamais de la Bête à grand'queue et que je m'en tiendrai aussi loin que possible toute ma vie. Du moins, je vais essayer… Quand il est question de légendes, j'ai parfois du mal à contrôler ma curiosité ! Dans ma tête, je remercie Joe pour son conseil précieux. Une Julie avertie en vaut deux!

De la même auteure

SÉRIE MARIE-P

À toi de jouer, Marie-P!, éditions FouLire, 2010.
Au voleur, Marie-P!, éditions FouLire, 2009.
Au secours, Marie-P!, éditions FouLire, 2009.
Chapeau, Marie-P!, éditions FouLire, 2008.
Au boulot, Marie-P!, éditions FouLire, 2008.

Ce qui arriva à Chloé et Mélina un jeudi après-midi, coll. Klaxon,
    La Bagnole, 2009.
Petit Thomas et monsieur Théo, roman vert lime, Dominique et
    compagnie, 2007.
Les Orages d'Amélie-tout-court, roman rouge, Dominique et compagnie, 2004.

SÉRIE MOUK

Mouk mène le bal!, coll. La Joyeuse maison hantée, éditions FouLire, 2008.
Mouk le monstre, Un record monstre, coll. La Joyeuse maison hantée,
    éditions FouLire, 2007.
Mouk le monstre, À la conquête de Coralie, coll. La Joyeuse maison hantée,
    éditions FouLire, 2006.
Mouk le monstre, Le cœur en morceaux, coll. La Joyeuse maison hantée,
    éditions FouLire, 2005.
Mouk le monstre, En pièces détachées, coll. La Joyeuse maison hantée,
    éditions FouLire, 2004.

SÉRIE LORIAN LOUBIER

Lorian Loubier, Vive les mariés!, roman bleu, Dominique et compagnie, 2008.
Lorian Loubier, détective privé, roman bleu, Dominique et compagnie, 2006.
Une journée dans la vie de Lorian Loubier, roman bleu, Dominique
    et compagnie, 2005.
Lorian Loubier, Appelez-moi docteur, roman bleu, Dominique
    et compagnie, 2004.
Lorian Loubier, grand justicier, roman bleu, Dominique et compagnie, 2003.
Lorian Loubier, superhéros, roman bleu, Dominique et compagnie, 2002.

La Mémoire de mademoiselle Morgane, roman vert, Dominique
    et compagnie, 2001.
Louna et le dernier chevalier, Les petits loups, Le Loup de Gouttière, 2000.
Simon, l'espion amoureux, coll. Libellule, Dominique et compagnie, 1999.

MARTINE LATULIPPE

Depuis 1999, Martine Latulippe a écrit pas moins de trente romans, dont la populaire série *Julie* portant sur les légendes québécoises. Récipiendaire des prix littéraires Ville de Québec/Salon international du livre de Québec 2007 et 2009, elle a aussi eu deux de ses titres dans le Palmarès Communication-Jeunesse et trois dans la sélection Hackmatack. Ces reconnaissances s'ajoutent à une feuille de route déjà bien garnie, comme en témoignent ses nombreuses nominations à différents prix et les invitations qu'elle reçoit pour rencontrer ses lecteurs aux quatre coins du pays.

WWW.MAGLECTURE.COM
Pour tout savoir sur tes auteurs
et tes livres préférés